LE LAI

DE

LA DAME DE FAYEL

PUBLIÉ

D'APRÈS PLUSIEURS MANUSCRITS

PAR

GEORGES LECOCQ

SAINT-QUENTIN

POQUENEAUX-DEVIENNE, ÉDITEUR

32, RUE CROIX-BELLE-PORTE, 32

—

MDCCCLXXII

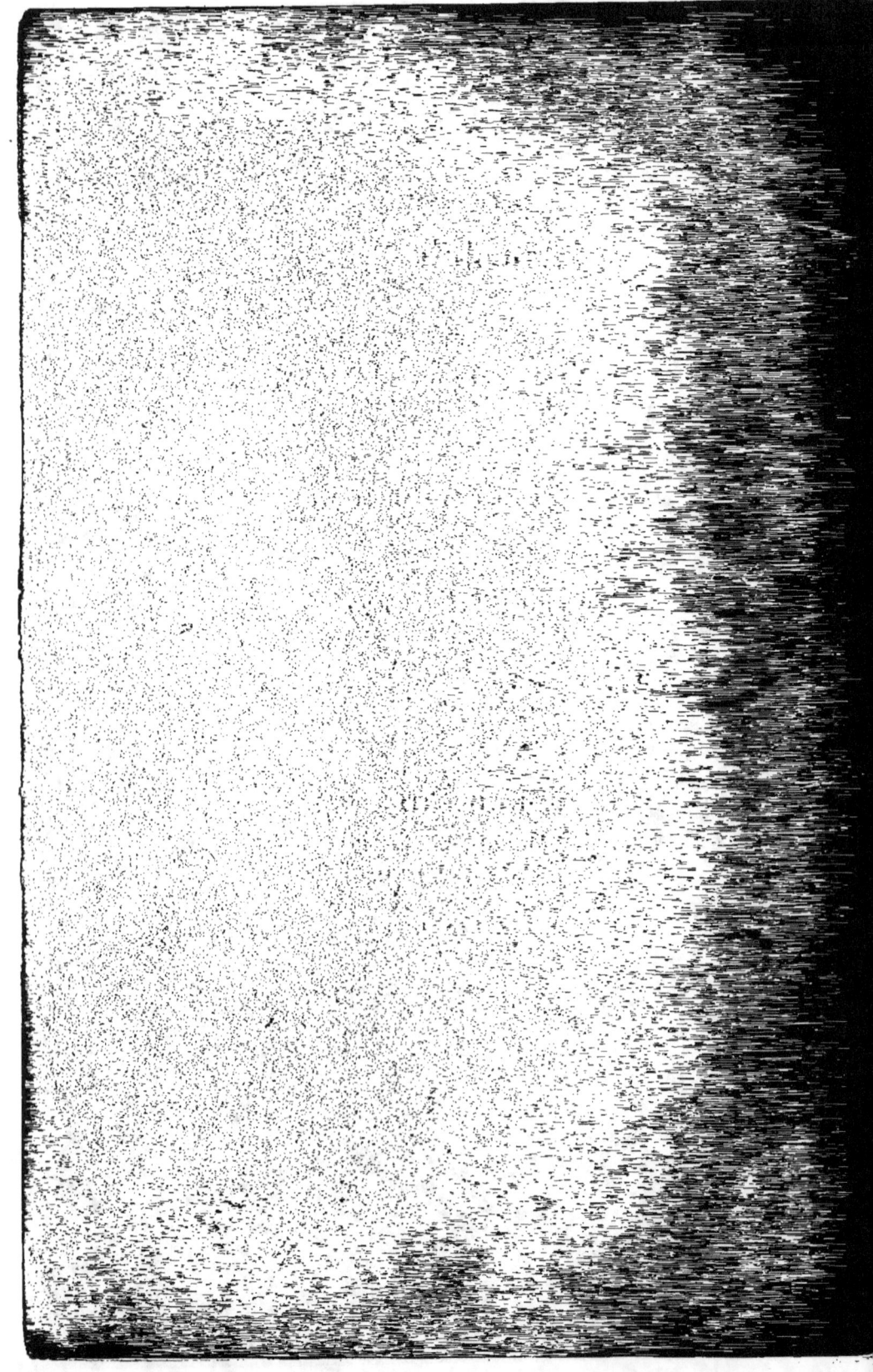

LE·LAI

DE

LA DAME DE FAYEL

PUBLIÉ

D'APRÈS PLUSIEURS MANUSCRITS

PAR

GEORGES LECOCQ

SAINT-QUENTIN

TRIQUENEAUX-DEVIENNE, ÉDITEUR
32, RUE CROIX-BELLE-PORTE, 32

MDCCCLXXII

Tiré à 300 Exemplaires sur papier vergé.

N_____

PRÉFACE

e moyen-âge abonde en histoires galantes et en drames sanglants, mais il y en a peu qui soient plus populaires, chez nous, que es fatales amours du châtelain de Coucy et de la Dame de Fayel ; elles furent même chantées par es nations étrangères. La vengeance du mari outragé fut atroce et toute seigneuriale ; aussi plus 'un poète, disposé à excuser dans le ménage 'autrui une faute qu'il punirait dans le sien, a été ttendri par la douce et touchante figure de cette emme encore plus malheureuse que coupable.

En publiant les regrets de la dame de Fayel pleu-

rant une absence qui devait être éternelle, nous
n'avons pas l'intention de raconter le martyrologe
de ces amoureux dont la mort tragique a trouvé
dans tous les cœurs un si sympathique écho ; nous
ne voulons pas davantage rallumer une vieille que-
relle éteinte pour savoir si notre héroïne s'appelait
Gabrielle de Levergies ou de Vergie, ou de tout autre
nom ; la question ne pourra être considérée comme
résolue que lorsqu'un document décisif, incontes-
table, viendra donner aux probabilités la force de la
certitude. Le doute qui enveloppe la naissance de ce
mystérieux personnage ne fait que le rendre plus
légendaire encore. L'histoire y perd peut-être, mais
non la poésie.

Nous n'écrivons pas ici (est-il besoin de le dire?)
une dissertation savante : notre but, plus modeste,
est de faire goûter aux amateurs du vieux français
les charmantes beautés du *Lai de la Dame de Fayel*,
qu'on ne peut lire que dans quelques ouvrages rares
et chers, tirés à un très-petit nombre d'exemplaires,
et que l'on hésite à acheter, quand, par hasard, on
les rencontre.

Ces vers tendres et émus peuvent être cités, à bon
droit, comme un modèle de grâce naïve et de pas-

sion ardente. L'époque de leur composition est facile
à déterminer d'une façon à peu près exacte si on
admet que leur auteur est l'amante infortunée à qui
on les attribue. Nous savons, en effet, par le
Roumans que le châtelain de Coucy prit la croix en
même temps que Richard Cœur-de-Lion et partit
avec lui, en 1190, pour la Palestine où il fut tué
deux ans après en défendant le roi d'Angleterre que
des Sarrazins voulaient enlever. C'est donc la courte
période de deux années écoulées entre le départ du
châtelain pour la Terre Sainte et sa mort qui aurait
vu naître cette poésie si douce et si belle.

La leçon que nous donnons ici est celle du manuscrit de Berne presqu'entièrement semblable au
manuscrit de l'ancien fonds du Roy; quant aux
variantes, elles sont prises dans les manuscrits des
fonds de Paulmy et de Cangé dont le texte a été
publié par M. Francisque Michel et plus tard par
notre compatriote M. Ch. Gomart; pour nous, nous
suivons de préférence M. Méon qui était, non-seule-
ment, un chercheur infatigable, mais encore, un phi-
lologue des plus distingués. Par cela même que nous
avons respecté scrupuleusement le style et l'ortho-
graphe de la pièce, un grand nombre de mots, au-

jourd'hui vieillis, ne peuvent être compris des lecteurs qui n'ont pas fait d'études spéciales : c'est pourquoi nous terminons cette courte brochure par une traduction dont la seule prétention est de rendre, aussi fidèlement que possible, le sens et le mouvement de ce petit chef-d'œuvre.

LAI

Ce chanterai por mon coraige
Ke je veul resconforteir ;
Car aveuc mon grant damaige
Ne veul morir n'afoleir,
Quant de la terre savaige
Ne voi nullui retorneir
Où cil est ki m'asuaige
Son cuer, quant j'en oi pairler.
Deus ! quant crieront outrée !
Sire, aidiés à palerin
Par cui sui enpoentée
Car felon son Sarazin.

Je souferrai mon outraige
Tant que l'ans iert trespaissais ;
Il est en pelerinaige
Dont Deus le laist retorneir ; <small>II</small>
Ne malgreit tout mon linaige
Ne quier ochoison troveir ;
D'autre faites mariaige ; <small>III</small>
Fols est cui j'en os porleir
Deus ! quant crieront outrée !
Siro, aidiés à palerin
Par cui sui enpoentée
Car felon son Sarazin.

De un seux a cuer dolente IV
Ke cil n'est en cest païx,
Ke si sovent me tormente V
Ke je n'ai ne jeu, ne ris.
Il est biaus, et je suis gente ;
Sire Deus ! por coi fesis, VI
Quant l'uns à l'autre atalente,
Por coi nos ais departis ?
Deus ! quant crieront outrée !
Sire, aidiés à palerin
Par cui sui enpoentée
Car felon son Sarazin.

De ce seux en bone atente,
Ke je son homaige prix ;
Et quant la douce oure vante
Ke vient de cel doulz païs
Où cil est Ki m'atalente,
Volentiers i tour mon vis.
Adonc m'est vis Ke jel'sente
Par desous mon mantel gris.
Deus ! quand crieront outrée !
Sire aidiés à palerin
Par cui sui enpoentée
Car felon son Sarazin.

De ceu seux moult engingnie [ix]
Ke ne fui à convoier ;
Sa chemise c'ot vestue
M'envoioit por embraiscier.
La nuit, quand l'amor m'argüe,
La met deleis moy couchier
Toute nuit à ma char nue,
Por mes mals rasuaigier. [x]
Deus ! quant crieront outrée !
Sire, àidiés à palerin
Par cui sui enpoentée
Car felon son Sarazin.

VARIANTES.

I. Je souferai mon damage
　　Tant que le verrai passer.

et :

　　Souffrerai en tel estage
　　Tant qu'el voie repasser.

II. Mult atent son retorner.

III. D'autre face mariage.

IV. De ce sui, etc.

(La même variante existe pour le 1er vers, page 12)

V. Que cil n'est en Beauvoisin
　　En qui j'ai mise m'entente.

VI. Sires Dex ! por quel feïs.

VII. Et quant l'alaine douce vente.

VIII. Et lors m'estuet que je la sente.

IX. De ce sui mult déçue.

X. Por mes mals assoagier.

Je chanterai pour me reconforter et me donner du courage, car, bien que j'éprouve un grand malheur, je ne veux mourir ni devenir folle, et cependant je ne vois revenir personne de la terre lointaine où s'en est allé celui dont le souvenir me console lorsque j'en entends parler. Mon Dieu, quand on criera outrée ! daignez, Seigneur, secourir le pélerin pour qui je suis si inquiète, car félons sont les Sarrasins.

Ma souffrance durera toute l'année ; mon bien aimé est en pélerinage, puisse Dieu l'en laisser revenir ! Malgré toute ma famille je ne veux chercher de distractions. Faites d'autres mariages ; bien fou est qui m'en

parle. Mon Dieu, quand on criera outrée !
daignez, Seigneur, secourir le pélerin pour
qui je suis si inquiète, car félons sont les
Sarrasins.

Un seul fait souffrir mon cœur ; il n'est en
ce pays. Son absence me tourmente : je ne
connais plus les jeux et les ris. Il est beau et
je suis gentille ; Seigneur Dieu, pourquoi,
quand nous nous convenions, pourquoi nous
avoir séparés ? Mon Dieu, quand on criera
outrée ! daignez, Seigneur, secourir le pélerin pour qui je suis si inquiète, car félons
sont les Sarrasins.

Il est le seul qui j'attende avec impatience,
car j'attache du prix à son hommage ; et
lorsque souffle la douce brise qui vient du

beau pays où est celui que j'aime, je tourne
volontiers mon visage de son côté, et je crois
alors sentir son visage sous mon manteau
gris. Mon Dieu! quand on criera outrée !
daignez, Seigneur, secourir le pélerin pour
qui je suis si inquiète, car félons sont les
Sarrasins.

Que je fus malheureuse de ne pouvoir
l'accompagner; il m'envoya une chemise
qu'il avait portée, et la nuit, quand je brûle
d'amour, je la mets près de moi, sur ma
chair nue, pour calmer mes souffrances.
Mon Dieu! quand on criera outrée ! daignez,
Seigneur, secourir le pélerin pour qui je suis
si inquiète, car félons sont les Sarrasins.

Achevé d'imprimer

LE 31 JANVIER MIL HUIT CENT SOIXANTE-DOUZE

PAR LÉON MAGNIER FILS

POUR TRIQUENEAUX, LIBRAIRE

À SAINT-QUENTIN

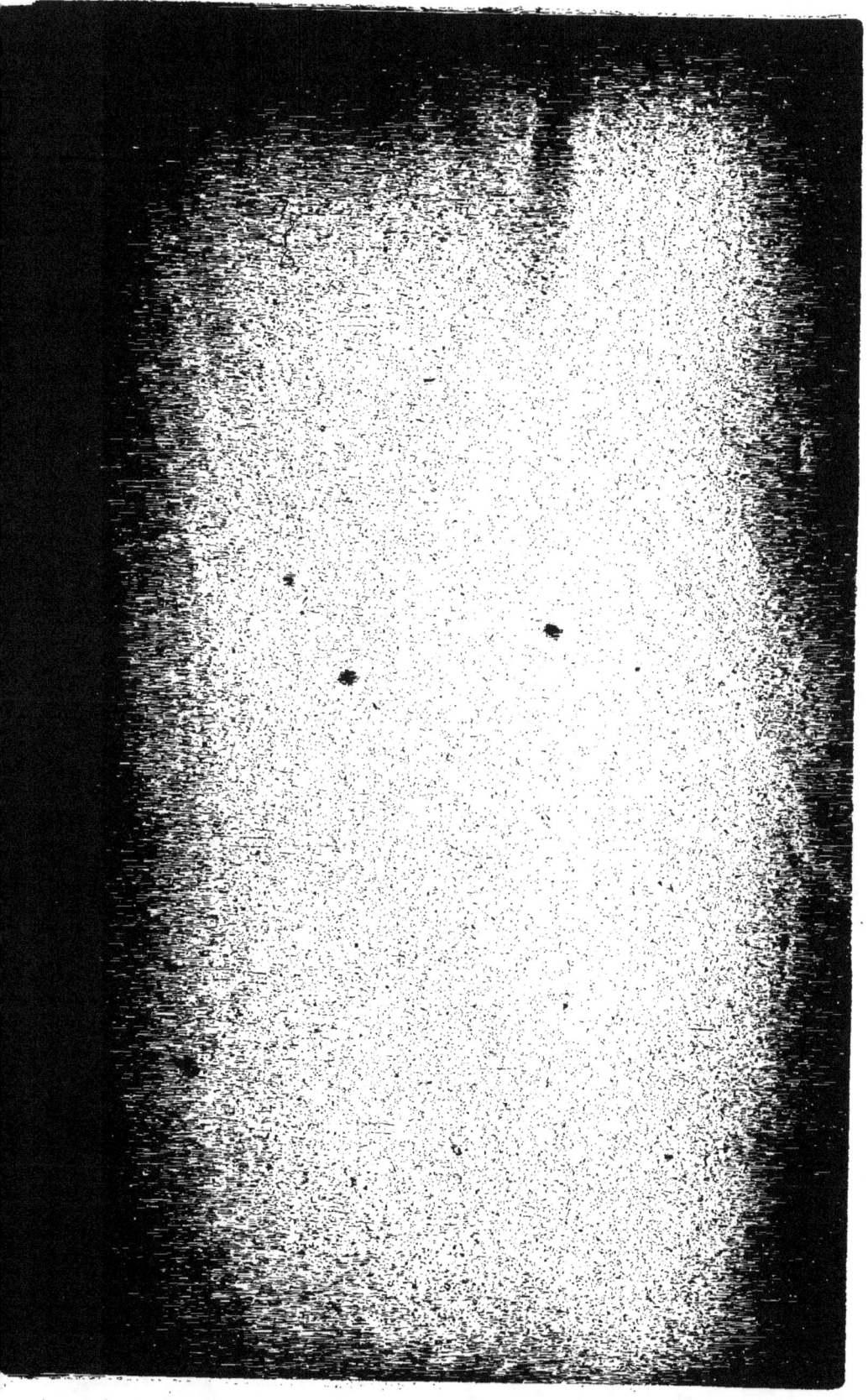

www.ingramcontent.com/pod-product-compliance
Lightning Source LLC
Chambersburg PA
CBHW072259210626
46818CB00017B/1862